Quelle der

Zuversicht

Worte die helfen sollen,
Hoffnung und Mut zu schöpfen.

Hoffnung – Mut
Kampf – Annahme

Herstellung:
Books on Demand (CH) GmbH

ISBN 3-0344-0124-8

Vorwort

Gib die Hoffnung nie auf, denn Hoffnung ist immer da.

Kämpfe wofür es sich zu kämpfen lohnt, aber höre damit auf, bevor Du am Ende bist.

Wenn die Situation es erfordert, nimm an und suche einen neuen Weg.

Verliere nie den Mut, denn er gibt Dir Kraft für Hoffnung, Kampf und Annahme.

Hoffe, kämpfe, nimm an, gib den Mut nicht auf und versuche optimistisch zu bleiben, denn nur so kannst Du es schaffen!

Schau nicht zurück, schau
nicht nach vorn`,
schau einfach, wo Du jetzt
gerade stehst.
Nur so wirst Du erkennen,
dass Du Deinen Weg schon
richtig gehst.

Höre auf die Stimme Deines Herzens,
verlasse Dich auf Dein Gefühl,
und Du wirst sehen,
Dir wird nie mehr wirklich
"kühl".

Sei kein purer Egoist, aber sei gut zu Dir!
Beginne heute damit, jetzt und hier !

Keiner ist ausschliesslich da,
immer nur zu geben.
Wir alle sind in erster Linie
geboren,
um auch für uns selbst zu
leben.

Wie Du schliesslich lebst,
das musst Du für Dich selbst
entscheiden,
aber dabei darfst Du nie
vergessen,
der Sinn Deines Lebens
ist sicher nicht das Leiden !

Das Leben ist ein ewiges Auf und Ab,
ein ewiges Geben und Nehmen,
vieles wirst Du erreichen,
doch nach vielem kannst Du
Dich oft nur sehnen.

Wohl dem, der es erreicht,
zu leben und leben zu lassen,
denn dem wird es gelingen,
zu leben, Konflikte zu lösen
und niemals zu hassen.

Kämpfe für Dinge, die Dir
wichtig sind,
doch bevor man Dich drückt an
eine Wand,
bedenke, es gibt Situationen,
in denen ist Annahme besser
als Widerstand !

Wenn Du nicht zu Dir stehst,
und Dich damit selbst betrügst,
wirst Du immer unzufrieden
sein, weil Du Dich selbst
belügst.

Hast Du einmal das Gefühl, Du
seist am Ende,
Deine Kraft sei erschöpft und
Du könntest nicht mehr auf
den Beinen stehn,
schau nicht zu weit nach
vorne, nimm allenfalls Hilfe an,
und versuche langsam, einen
Schritt nach dem anderen zu
gehn !

Fliegt ein Vogel an Dir vorbei,
schau ihm nach und versuche
zu spüren,
auch Du bist frei.

Hat Dir Dein Leben Ketten angelegt,
versuche Dich davon zu lösen:
Halte Dich an die guten Dinge
und vermeide die Bösen!

Lass Dir den Kopf nicht negativ verdrehen,
und lass Dich niemals total gehen.
Glaube an Dich und vertraue Deinem Gefühl,
denn dies wird Dir helfen, alles zu überstehen.

Geh schlafen, wenn Du müde
bist,
lass los, wenn etwas zu Ende
ist.

Steh wieder auf, wenn Du
gefallen bist,
und Du wirst merken, dass das
Leben dennoch lebenswert ist.

Resigniere nie und versuche immer,
Konflikte, die Dich belasten anzugehen.
Sei rücksichtsvoll, aber vergiss nie,
dennoch auch zu Dir und Deinen Wünschen zu stehen.

Bietet man Dir Hilfe an,
so lass Dir geben, was Du
brauchst,
und pass in solchen Situationen
auf,
dass Du Dich durch Sturheit
und falschen Stolz
nicht selber "schlauchst"!

Bist Du gestresst, geh in den Wald,
geh ins Grüne und geh einfach spazieren.
Atme gut durch und versuche, Deinen inneren Druck für den Moment etwas zu verlieren.

Setzt Dich im Wald unter einen
Baum
und spüre, da ist doch noch
sooo... viel Raum !

Versuche Dich zu entspannen,
höre dem Rauschen des Windes
und den Vögeln zu,
was Du tust ist schon richtig,
denn bedenke,
Du bist nicht irgend jemand,
nein,
Du bist Du !!

Kein Mensch kann den
Problemen des Lebens
entrinnen,
aber jeder hat irgendwann die
Chance, auf seine Art zu
gewinnen.

Ueberlege, ob Du alles Dir
Mögliche dazu beigetragen
hast, zu siegen,
um das, was Du im Leben
erreichen willst,
auch wirklich zu kriegen.

Wenn ja, lass los und versuche,
zu akzeptieren, wie es nun
einmal ist.
Du hast getan was Du
konntest,
nimm es so an, bevor Du am
Ende bist.

Wenn nein, und Du hast noch
Kraft, kämpfe weiter,
halte noch etwas durch,
und besteige Sprosse um
Sprosse Deiner "Lebensleiter".

Vergiss nicht, Du musst es
nicht bis oben schaffen,
sei froh darüber, dass Du die
Kraft hast,
Dich noch einmal aufzuraffen.

Verfolge noch einmal Dein Ziel,
und geh in Deine Richtung
weiter,
bist Du aber erschöpft, lass
los, gönn' Dir 'ne Pause und
verlasse die "Leiter".

Sei Dir bewusst, Du hast getan
was Du konntest,
mehr kann man in Deiner
Situation einfach nicht tun.
Jetzt ist es Zeit zu
akzeptieren,
anzunehmen und Dich etwas
auszuruhn !

Auch wenn Du im Prinzip so
für den Moment nicht
zufrieden bist,
jetzt gilt es erst recht,
Dein Leben anzunehmen, wie
es nun einmal ist.

Erst wenn es Dir gelingt,
loszulassen und anzunehmen,
wirst Du die Chance haben,
neue Wege zu finden.
Ansonsten wird Dich Dein
innerer Groll
und Dein Gefühl von
Machtlosigkeit ewig "binden".

Du kannst der Situation, so wie sie nun einmal ist, nicht entrinnen,
aber dennoch hast Du die Chance,
auf Deine Art zu gewinnen.

Wenn ein Kampf nicht gelingt
ist auch Annahme ein Gewinn,
denn mit Annahme hast Du die
Chance für einen Neubeginn !

Du bist ein ganz besonderer Mensch!
Irgendwann wirst Du erreichen, was für Dich ist gut.
Blicke jetzt nach vorne, lass den Kopf nicht hängen,
und verliere nie den Mut !

Eines Tages wirst Du sehen,
Deine Einstellung hat Dir
geholfen.
Du hast gewonnen,
Du hast losgelassen,
angenommen,
und schon hat ein neuer
Lebensabschnitt für Dich
begonnen.

Versuche jetzt diesen neuen
Weg zu gehen,
lerne aus der Vergangenheit,
lebe in der Gegenwart ,
und bleib niemals stehen!

Sei stolz auf Dich, denn Du hast es geschafft,
hast Dich am Ende geglaubt,
Dich aber dennoch wieder aufgerafft.

Du hast gelernt, das Leben so zu sehen, wie es nun einmal ist,
der nächste Schritt ist der, dass Du mit Dir auch wieder zufrieden bist.

Geh wieder spazieren, geh ins Grüne, geh in den Wald! Verschiebe es nicht auf morgen, nein, tu es möglichst bald!

Entspanne Dich, atme gut
durch und versuche,
Dich selber wieder zu finden,
denn nur Dein inneres
Gleichgewicht kann Dir helfen,
alle weiteren Hürden zu
überwinden.

Du kannst alles irgendwie
schaffen,
egal wie auch immer es weiter
geht,
wichtig ist aber einmal mehr,
dass man zu sich selbst und
seinen eigenen Möglichkeiten
und Grenzen auch steht.

Stell Dich in den Wind, aber
lass Dich nicht umblasen,
sondern spüre ganz einfach wie
er weht.
Gönn Dir etwas an dem Du
Dich halten kannst,
dass es Dir im Leben etwas
besser geht.

Stecke Dir Deine Ziele nie zu weit,
und verpasse nie die Chancen,
denn sie sind oft griffbereit.

Wenn Du Dich an diese kleinen
Dinge hältst,
wirst Du nie mehr wirklich
verlieren,
und es wird Dir gelingen,
Dir nach und nach
Dein eigenes Leben zu
kreieren.

Bald wirst Du wieder zufrieden
sein mit Dir und Deinem
Leben,
denn Du wirst lernen, auch mal
etwas für Dich zu nehmen,
ohne dabei zu vergessen,
auch anderen etwas zu geben.

Das Leben ist ein Kampf,
ein Auf und Ab,
ein ewiges Beben.
Erst wer das wirklich erkennt
und annimmt,
beginnt wahrhaftig zu leben.

Du machst das sehr gut,
sei stolz,
und habe Respekt vor Dir
selber,
atme gut durch, entspanne
Dich,
und spaziere noch einmal durch
die Wälder.

Laufe durch den Wald und
schau,
die Bäume ziehen an Dir
vorbei.
Höre den Vögeln zu, stell Dich
in den Wind und spüre,
auch Du bist frei!

Frei von Erwartungen, frei von Druck und frei von Schuldgefühlen.
Lebe jetzt und hier und höre auf,
in nicht zu ändernden Dingen "rumzuwühlen".

Sei dankbar, sei zufrieden,
lebe in der Gegenwart, jetzt
und hier,
das zu tun, rate ich allen,
und ganz im Speziellen auch
Dir.

Probiere es aus, und du wirst sehen,
von jetzt an wird es Dir im Leben etwas besser gehen.

Das Leben hat sich nicht
geändert,
es wird immer so sein wie es
nun einmal ist,
doch Du hast es in der Hand,
Dich so darauf einzustellen,
dass es für Dich persönlich
wieder lebenswert ist.

Du schaffst es, sei stolz auf
Dich und habe Dich gern,
halte Dich an Deine innere
Stimme,
verlass Dich auf Dein Gefühl,
und greif nicht nach irgend
einem Stern !

Ich hoffe, diese Zeilen konnten Dir ein wenig etwas geben, nimm Dir daraus einfach das, was Du brauchst für Dein Leben.

Ich drück Dir die Daumen,
mach es gut,
bleib optimistisch und verliere
nie den Mut !

Hoffnung ist immer da,
und die Lösung für's Leben
manchmal sooo..., sooo... nah !

Sei offen um neue Wege zu erkennen,
dann wirst Du Dir an unveränderbaren Situationen nicht mehr länger Deine Seele "verbrennen".

Vergiss nicht,
wer nie verliert, kann auch nie
wirklich gewinnen,
wer resigniert, wird nicht nur
den Problemen,
sondern seinem ganzen Leben
entrinnen.

Auch wenn es nicht immer
einfach ist,
betrachte das Leben
optimistisch und heiter,
schaue nach vorne und nicht
zurück,
und gehe Schritt für Schritt
weiter.

Es gibt nichts, was nicht auf irgend eine Art gelöst werden kann,
daher sei gut zu Dir und packe Dein Leben an !

Du wirst schaffen, was immer es für Dich auch zu schaffen gibt, davon bin ich überzeugt !